¿Dónde está Oso?

JONATHAN BENTLEY

patio

¿Dónde está Oso?

¿Dónde podrá estar?

¿Estará en un cajón?

¿Estará en la repisa?

¿Dónde está Oso?

Lo he visto en algún lado.
Pero, ¿dónde?

¿En el baño?

¿En el piso de abajo?

¿Está Oso en la mesa?

¿Está Oso debajo del sofá?

¿Dónde está Oso?

¿Dónde podrá estar?

¿En el columpio?

¿En el coche?

No lo sé.
Estoy cansado.

Quiero dormir.

¿DÓNDE ESTÁ OSO?

¿Y tú? ¿Has visto a Oso?

¿Qué? ¿Dónde?

¿Dónde está Oso?

¡Oh, ahí está Oso!

Lo encontré, Teodoro.
Aquí está Oso.

Ahora sí podemos dormir.

Para M. H. y R. por su amor y su apoyo - JB

Título original: *Where is Bear?*

Originalmente publicado por Little Hare Books,
un sello de Hardie Grant Egmont, Australia 2016

© del texto e ilustraciones, Jonathan Bentley 2016
© de la presente edición, Plataforma Editorial 2017
© de la traducción, Luis Font

Derechos de traducción concedidos
a través de Verok Agency, Barcelona, España

ISBN: 978-84-16820-59-7
Depósito Legal: B. 21.816-2016
IBIC: YFU

Impreso en China

Las ilustraciones de este libro fueron realizadas con lápiz y acuarelas.